아침에 시를
만나는 행복

정연석 시집

시옴사
시사랑음악사랑

詩로 기지개를 켜는 정연석 시인

여행을 즐기고 새로움을 맞이하는 것을 두려워하지 않고 그 속에서 감사와 기쁨을 누리며, 그 맛을 시어로 풀어내고 마음껏 시상을 즐길 줄 아는 정연석 시인이다. 시인은 자연과 풍광을 통해 아름다운 세상을 만나고 또 많은 사람과 소통하면서 행복한 추억을 쌓아 시인만의 감성과 시각으로 독자에게 또 다른 여행의 맛을 느낄 수 있도록 시향으로 다가가고 있다.
시인은 '詩'가 있어 눈을 뜨는 아침이 행복하고 '詩'와 동행할 수 있어 살아가는 삶의 기쁨이라는 것을 시를 통해 말하고 있다. '詩'한 편을 짓기 위해 많은 고뇌와 시간을 투자하지만, 그만큼 보람 있고 소중한 일이라고 생각하면서 그 행복과 기쁨을 혼자만 느끼는 것이 아닌 많은 독자와 공감하고 소통하고 싶어 한다.

정연석 시인의 시를 들여다보면 다양한 삶이 녹아 있는 것을 볼 수가 있다. 여행을 다니면서 보고 느꼈던 것은 물론, 사람과의 속 깊은 정, 무한한 아름다운 자연의 세계, 일상생활에서 맺어지는 인연을 소중하게 여기며 그 관계 속에서 일어나는 잔잔한 것을 마음으로 담는 섬세하고 깊은 정이 있는 따뜻한 문인이라는 것을 알 수 있다.
또한 그의 시 안에는 어머니의 삶이 담겨있고 그 삶을 깊숙이 녹아내려 사랑으로 노래하고 있다. 누구보다 시에 대한 열정이 차고 넘치며 그 열정만큼 강한 필력으로 독자에게 가까이 가기를 희망하면서 날마다 시를 짓는다.

정연석 시인의 "아침에 시를 만나는 행복" 시집이 출간됨을 진심으로 축하한다. 매일 아침 많은 독자의 손에서 서정적이고 감미로운 시심(詩心)을 감상할 수 있는 시집이다. 독자는 가보지 못한 명소를 여행해 보고, 멋진 자연의 풍광을 느끼면서 어머니의 따뜻한 품속 같은 사랑이 가슴에 촉촉하게 젖어 들길 바라는 마음으로 '아침에 시를 만나는 행복' 시집을 추천할 수 있어 기쁘다. 정연석 시인의 꾸밈없는 '詩'가 독자의 입으로, 입으로 전해져 꾸준하게 사랑받기를 기대한다.

(사)창작문학예술인협의회 부이사장 박영애

시인의 말

시(詩)는 자연이나 삶의 과정에서 일어나는 느낌이나 생각을 섬세한 언어로 솔직하게 표현한 "글"이라고 생각합니다.

시를 쓴다는 것은 특별한 사람들의 영역으로 생각하고, 평소 관심은 있었으나 쉽게 다가가지 못한 채 많은 세월이 흘렀습니다.

주변에서 쓰여지는 수많은 시를 읽으며, 좋은 시를 만나게 되고, 존경심으로 아름다운 시 몇 편은 마음속에 담고 살아갑니다.

좋은 인연을 맺은 시인들로부터 많은 것을 배우고, 폭넓게 소통하면서 초심의 자세로 겸허하게 시를 쓰려고 합니다.

시인 등단 후 어느 순간부터 시집 한 권 출판하고 싶은 마음을 정하고, 이제 마음속에 간직했던 시집 출간의 꿈을 실현하려고 합니다.

저의 시에 대하여 혹평을 하실까봐 두려움도 있지만, 용기를 내어 시집을 출간하오니 너그러운 마음으로 혜량(惠諒)하여 주시기 바랍니다.

첫 시집을 출간하면서 앞으로는 좀 더 시어들을 다듬고, 시 구절에 정성을 담아 독자의 마음에 좀 더 다가가려는 노력을 하려고 합니다.

저의 미숙한 시를 읽어주시는 독자분들에 대한 존경이며, 시의 영역에서 저와 독자와의 간격을 좁히고 함께 소통하는 공간이기 때문입니다.

2022. 9.
자연과 풍경을 사랑하는 시인
白松 정연석 拜上

제3부
생활속에서 맺어지는 소중한 인연

제4부
어려운 상황을 극복하면 얻어지는 결실

* 목차

제5부
자연에서 얻어지는 신선한 에너지

제6부
계절의 변화에 흔들리는 마음

제7부
인생 길 힘들면 잠시 쉬어가는 지혜

QR코드) 스마트폰으로 QR 코드를 스캔하면
시낭송을 감상할 수 있습니다

본문
시낭송
감상하기

 제목 : 광화문 연가
시낭송 : 박영애

 제목 : 섬강
시낭송 : 박영애

 제목 : 장봉도
시낭송 : 박영애

 제목 : 강릉 여행
시낭송 : 박영애

 제목 : 벚꽃
시낭송 : 박영애

 제목 : 어머니의 장독대
시낭송 : 박영애

 제목 : 어머니의 텃밭
시낭송 : 최명자

 제목 : 어머니의 고갯길
시낭송 : 박영애

 제목 : 곰배령
시낭송 : 박영애

 제목 : 눈길을 걸으며
시낭송 : 박영애

시인은 자연을 이야기하고
시낭송가는 자연을 품었다
글자는 날개를 달아 언어로 날고
소리는 자연에 눕는다

제1부
여행은 새로운 세계를 만나는 기회

광화문 연가

오백 년 왕조의 여운은
경복궁 전각에 스며들고

광화문(光化門) 용마루 뒤로
북악산(北岳山)이 포근하게 다가온다

광화문과 맺은 인연
기억 속에 아련한데

선술집 늘어섰던 피맛골에는
고층 빌딩들이 키 자랑을 하고

술잔 기울이던 친구는 없지만
거리에는 옛 추억들 새로웁다

청계천 수변(水邊) 길을 걸으면
진한 물비린내

이끼 낀 돌 틈 사이로
헤엄치는 피라미들

고향 시냇물을 옮겨온 듯 정겹다

제목 : 광화문 연가
시낭송 : 박영애
스마트폰으로 QR 코드를 스캔하면
시낭송을 감상할 수 있습니다

한 강

태백 검룡소(儉龍沼)에서 발원
수백 리 머나먼 물길 힘든 여정

서울을 반으로 갈라놓고
서해로 흐르는 한강

임진강과 합수되는 끝자락은
바다처럼 넓습니다

삼국시대 한강을 사이에 두고
패권(覇權)을 다투었지만

지금은 서울을 품에 안고
서해 바다로 흘러갑니다

가을날 힘을 키운 물고기는
보(堡)를 넘어 상류로 거슬러 오르고

한강변 도로에는
젊음의 건각(健脚)들 구슬땀을 흘립니다

수만 년을 흐르는 한강
서울의 애환(哀歡)을 품고
오늘도 유유히 흘러갑니다

북한강

강원도 고원에서 발원(發源)
평야를 향해 달려온 물줄기

파로호와 소양호에 모여서
소곤소곤 고향이야기

떠나기 싫은 보금자리
아쉬움으로 내어주고

넓은 바다를 연모하며
서해로 달린다

헤어지기 아쉽다고
청평호에서 붙잡고

바다처럼 넓은 팔당호에서
남한강과 상견례를 한다

팔당댐 수문이 열리고
마지막 여정(旅程) 한강

발원지 맑은 물은
바다로 갈수록 혼탁(混濁)해지니
너무 아쉽고 안타깝다

※ 파로호(破虜湖) : 화천호(華川湖), 대한민국 최북단에 위치하고 있으며
　　　　　　　1944년 5월에 화천댐이 건설되면서 만들어진 인공 호수

12

섬강(蟾江)

이른 새벽 여명(黎明)은
어둠을 밀어내고

지난밤 숨겨둔 강물을
고스란히 되돌려 준다

지난밤 배가 고팠는지
청둥오리는 강물을 헤집고

잠에서 깬 물고기들 힘찬 비상(飛上)
고요한 아침을 깨운다

치악산 능선 위로
해가 얼굴을 내밀면

절벽에 뿌리내린 소나무
강물에 살포시 내려앉고

햇빛에 반짝이는 강물
눈이 부시도록 아름답다

※ 섬강(蟾江) : 태기산(횡성) 발원 원주,
　여주로 흘러 남한강에 합류하는 강물

제목 : 섬강
시낭송 : 박영애
스마트폰으로 QR 코드를 스캔하면
시낭송을 감상할 수 있습니다

강물을 바라보며

어젯밤 꿈속에서
어머님 얼굴이 보이셨는데

아프신 곳은 없으신지
식사는 잘하고 계시는지

소슬한 바람 소리는
어머님의 목소리인 듯

강물에 쏟아지는 가을 햇빛
눈이 부시도록 아름답네

횡성에서 흘러온 강물
고향을 휘돌아 왔으니
혹시 어머님 소식 알려나

강물을 거슬러 올라가면
섬강(蟾江) 끝자락에
그리운 어머니 계실 텐데

오늘은 자유롭게 헤엄치는
물고기가 부럽구나

※ 한강 물줄기 : 섬강 → 남한강 → 팔당댐 (북한강 합수) → 한강

14

선유도(仙遊島)

신선이 놀던 선유도에 봄이 오면
연녹색 수양버들 춤을 추고
벚나무는 하얀 꽃길을 연다

구름다리를 건너 선유도에 들어서니
꽃들과 새들이 마중하고

이곳 저곳 산책길에는
연인들의 사랑이 익어간다

나는 벤치에 앉아서
조선시대 선비들이
시를 짓던 모습을 떠올려 본다

하얀 도포 자락에 먹물이 닿을까 봐
한 손을 받치고 화선지에 쓴 시(詩)

붓을 내려놓으며
엷은 웃음 짓던 선비의 안도감

문득 한강을 바라보니
선착장을 떠난 유람선은
미끄러지듯 잠실 상류로 향하고

선상에는 많은 승객들이
반가운 듯 손을 흔든다

장봉도

인천 삼목항에서
장봉도행 배에 오르면

먹이에 집착하는 갈매기들
가련하지만 반갑다

승객들은 새우깡으로
갈매기의 환심을 사고

동행한 사람들은 흩어져
갈매기와 친구가 된다

청명한 가을하늘 소슬한 바람
짧은 뱃길이 아쉽고

이정표를 따라 등산로에 접어들면
새소리 바람 소리 어우러져
아름다운 음악회가 열린다

숨을 몰아쉬며 힘겹게 올라
산 정상에 다가서면

넓은 바다가 다가와
가슴에 안긴다

제목 : 장봉도
시낭송 : 박영애
스마트폰으로 QR 코드를 스캔하면
시낭송을 감상할 수 있습니다

간월암(看月庵)

바닷물이 들어오면 길이 막히고
물이 빠지면 길이 열리는
간월도 바닷가 작은 섬

무학대사가 달을 보고 깨달아
간월암이라 부르는 작은 사찰(寺刹)

찾아오는 손님들로 붐벼
주지 스님은 여유가 없지만

법당 마당에서 바라보는 푸른 바다
답답한 마음을 씻어주고

가을바람이 온몸을 휘감으면
법당에서 들려오는 낭낭한 독경 소리

간월암에 낙조가 깃들면
스님도 고단한 하루를 내려놓고

무학대사도
아름다운 낙조가 눈에 밟혀
간월암에 오래도록 머물렀으니
그 마음을 알 수 있겠네

추억의 경춘선

서울에서 춘천 가는 기차
옆에는 북한강이 흐르고

레일(Rail) 위를 구르는
힘겨운 바퀴 소리

친구들과 여행하던 기억이
새록새록 난다

기차는 전철로 바뀌었고
많은 시간이 흘렀지만

연인들의 마음을 이어주는
낭만 깃든 경춘선

지금도 MT 가는 대학생들
젊음과 열정이 넘치지만

달리는 기차 안에서
기타 치며 노래 부르던 모습
이제는 볼 수 없어 아쉽고

청량한 가을날
남이섬과 강촌에 가보고 싶다

바닷가 횟집에서

바다가 보이는 횟집에서
지인과 술잔을 기울이는데

물기둥 파도가 몰려와
방파제를 깨어져라 두드린다

제주로 귀양 온
조선시대 고관대작(高官大爵)

한양(漢陽) 임금께서
다시 불러주시길 기다리며

허망(虛妄)한 마음으로
술잔을 기울였을 것 같다

바다는 변한 게 없지만
술잔 기울이던 주인공은 바뀌었고

저 멀리 고기 잡는 배가
한가로워 보이고

술에 취해 바라보는 바다는
어머니 품처럼 넓어 보인다

강릉 여행

서울에서 강릉까지
KTX는 터널을 들락날락

간간이 보이는 경관을
눈에 담고

한 시간 남짓 달려
설레는 마음은 바다를 품는다

하루 종일 동해안을 헤집다가
서울로 돌아오는 길

창밖에는 가로등 불빛
어둠을 밀어내고

유리창에 부딪치는 빗방울
힘없이 깨어지니

집으로 향하는 마음만
조급해진다

제목 : 강릉 여행
시낭송 : 박영애
스마트폰으로 QR 코드를 스캔하면
시낭송을 감상할 수 있습니다

20

상당산성

청주에는 백제시대 쌓았다는
상당산성이 있습니다

오늘은 40년 지기(知己) 친구들과
상당산성을 등산하는 날
가을비가 추적추적 내립니다

등산을 마치고 술집에 들러
막걸리로 찬 몸을 녹여봅니다

몇 잔 술에 취기가 오르고
옛 추억을 끄집어 도마에 올립니다

시간 가는 줄 모르고
그동안 소원(疏遠)했던 우정의 강을
다 함께 손잡고 건너갑니다

온 세상은 비에 젖어 축축하지만
마음은 따뜻하고 편안해집니다

그래서 친구들과 만나면
시간 가는 줄 모릅니다

※ 상당산성 : 백제시대에 축조한 토성, 조선 숙종시대 석성(石城)으로 개축

청평사

소양강 선착장에서 배를 타고
강바람 가르며 달려간 청평사(淸平寺)

산사로 가는 길 노송(老松)이 마중하고
산새들이 반갑게 길을 안내하네

연인(戀人)들의 해맑은 웃음소리
명경(明鏡)같은 실개천 물소리도 구슬프네

맑고 깊은 구성폭포 온갖 시름 잊게 하고
나무 그늘에 앉으니 신선이 따로 없네

오봉산 바위들이 병풍처럼 드리우고
청평사 전각마다 스님들의 발자취

회전문을 지나 경운루에 올라서니
창문 밖 산수화에 시선이 머물고

파란 하늘에 뭉게구름 두둥실 떠가니
살며시 마음을 실어보네

철 따라 꽃 피고 아름다운 단풍에 붙잡혀
선인(先人)께서 청평사에 오래도록 머무르셨겠지

〈선인〉: 이자현은 고려시대 이의(李顗)의 아들, 청평사에서 36년 머무른 학자

22

인왕산

자하문 가는 길에
인왕산 바라보니

겸재께서 고령에 붓을 들어
화폭에 담은 비경(祕境) 인왕제색도가
살포시 다가옵니다

비가 그친 인왕산을
운무(雲霧)가 감싸 안고

병풍 바위 정상에는
신선이 하강한 듯 장엄해 보입니다

고풍스런 노송들이
총총히 늘어섰던 인왕산

산허리를 끊어 길을 내고
여기저기 회색 집들 늘어나니

겸재께서 환생하시면
옛날 인왕산 모습이 기억나실까

인왕산 !
호랑이도 없고 노송(老松)도 볼 수 없으니
아쉽습니다

※ 겸재(謙齋) 정선(鄭歚 · 1676~1759) : 조선시대 화가, '인왕제색도
    (仁王霽色圖)'는 한여름 소나기에 젖은 인왕산 바위 모습을
    먹으로 웅장하게 그린 작품으로 진경산수화의 대표작

청룡포(靑龍浦)

구중궁궐 부귀영화 누리다가
영월 땅에 유배되어

강물로 둘러싸인 청룡포에서
영어(囹圄)의 몸

눈물로 이별한 충신들 그리움에
마음은 한양 궁궐로 향하고

해 질 무렵 시름을 달래려고
노산대(魯山臺)에 올라

두고 온 부인을 생각하며
정성 들여 돌탑을 쌓았네

한 가닥 희망 품고
모질게 살아가던 짧은 삶도
청룡포(靑龍浦)에서 멈추고

환궁을 못한 채 장릉(莊陵)에 잠드니
수백 년을 노송들이 호종(扈從) 하였네

※ 노산대 : 단종이 노산군으로 감봉되어 청령포에 머무는 동안 시름에 잠기던 곳

간이역

하루 몇 번 기차가 멈추지만
승객은 별로 없고

인적 드문 간이역 의자에 앉아
타고 갈 기차를 기다린다

싸늘한 바람은 몸속을 파고들고
시간은 정지한 듯 지루한데

석양은 빛을 잃고 온기마저 식어져
여행자의 갈 길을 재촉하고

앞산에 꿩들이 울음 울면
새들은 잠자리를 찾는다

다가오는 반가운 기적소리
짐 보따리를 챙겨 들고

총총걸음으로
플랫폼(platform)으로 향하지만

이별하는 아쉬움은
간이역에 잔영(殘影)으로 머문다

평택호

진위천과 안성천이 합수되어
바다 같은 넓은 호수

가물어도 물 걱정 없고
비가 와도 범람하지 않는
천혜의 낙원 평택호

여명(黎明)의 아침
어부(漁夫)가 그물을 걷으면

잔잔하던 호수에
어무(魚舞)는 그칠 줄 모르네

밤을 샌 낚시꾼은
해장술로 추위를 녹이고

아쉬운 마음으로
낚싯대를 걷으니

잔잔한 호수 위를
가을 바람이 지나가네

제2부
아름다운 세상과 만나는 행복한 추억

첫사랑

사랑한다는 말을 함부로 하면
지조(志操) 없다고 비난을 받겠지만

사랑한다는 말을 들으면
너무나 기쁘고 행복합니다

아름다운 소녀의 앳된 얼굴과
해맑게 웃던 미소를 떠올리면서

어쩔 수 없이 헤어졌던
마음이 아린 첫사랑을 기억해 봅니다

그 시절로 다시 돌아갈 수도 없고
이루어질 수 없는 순애보일지라도

마음속 깊이 간직한 진심을
그녀가 기억해 주길 바랍니다

이제는 너무 늦은 후회지만
그 시절 애잔한 마음을 기억하면서

설익은 과일 같은 첫사랑을
아름다운 추억으로 남겨두고 싶습니다

은행잎 사랑

고향마을 입구에 버티고 있는
은행나무 한그루

여름엔 나무 그늘 쉼터가 되고
가을엔 노란 은행잎을 선물하네

은행잎을 책갈피에 넣어두고
보물인 양 소중히 간직했는데

요즘은 은행나무 가로수 길
소중함을 모르고 살아가네

노란 은행잎 가을이 오면
소녀에게 보낸 편지를 떠올리고

편지에 넣어 보내준 은행잎
아직도 간직하길 바라면서

지금은 중년의 부인
이름도 기억하기 어렵지만

노란 은행잎을 보면
마음속에 잠자던 추억들이
침묵을 깨고 다가오네

활화산 같은 사랑

화산(火山)은 땅속의 마그마(magma)가
지표의 터진 틈으로 분출한 흔적

활화산(活火山)은 강한 폭발력으로
용암이 분출 화산을 만드는 과정

H 가수의 "열정" 노랫말에는
"가슴 터질 듯 열망하는 사랑
활화산처럼 터져 오르는 그런 사랑"을 갈망한다

가슴속에서 불타는 활화산 같은 사랑을
이룰 수 있다면 좋으련만

불붙은 사랑을 진정시킬 수 없을 때
오히려 가슴이 터질 듯 아프다

남들의 사랑은 활화산 같고
자신의 사랑은 화산 같다면
이미 사랑은 식어가는 것이니

차라리 활화산 같은 사랑을
가슴 터지도록 갈망하는 것이
오히려 낳을 것 같다

아픈 사랑

어느 날 처음 만나서
밝은 미소 순수함에 마음을 주고

만남이 이어질수록
정(情)이 마음 깊숙이 파고들었다

가슴속에서 커가는 사랑을
억누를 수 없어서

용기를 내어 보았지만
쉽게 다가갈 수 없었다

좌절과 절망에 갇혀서
힘들게 살아가는 것보다는

차라리 마음을 억누르는
사랑을 버리고 싶었다

사랑을 이룰 용기도 없고
사랑하는 마음을 포기할 수 없는
나약함이 너무 밉지만

이제는 좋은 추억마저도
깨끗이 지워야 할 시간
마음을 추스를수록 힘들고 아프다

그때는 정말 몰랐습니다

장거리 전화 목소리가
선명하게 들리지 않았던 시절에는

전화선도 없는 핸드폰이
우리들의 생활을 확 바꿔놓을 줄 몰랐습니다

수시로 일어나는 사건과 사고를
신문으로만 접하던 시절에는

뉴스(News)를 TV와 인터넷으로
현장감 있게 실시간으로 접할 줄 몰랐습니다

상전벽해(桑田碧海)라 말하지만
50년 전에 잠실이 뽕나무밭일 때는

높은 빌딩들이 숲을 이룬
지금의 강남으로 변할 줄 전혀 몰랐습니다

학창 시절 우연히 만난 그녀에게
순수한 마음을 빼앗겼던 그때는

반백이 넘어서야 나를 좋아했다는
그녀의 뒤늦은 고백을 듣게 될 줄 몰랐습니다

그때는 정말 몰랐습니다

비가 내리는 날이면

오늘처럼 비가 내리는 날이면
문득 생각나는 사람

비를 맞으며 걷는 나를
우산 속으로 이끌어준 그 소녀

살며시 미소 지으며
교복이 젖는다며
우산을 씌워주던 순정(純情)이
오늘 문득 그리워집니다

좁은 우산 속에서 살이 닿을까 봐
애써 간격을 두었던
짧고도 긴 시간

버스정류장에서 헤어지며
수줍어 인사도 제대로 못 하고
급하게 버스에 올랐었는데

오늘처럼 비가 내리는 날이면
추억의 그 시절로
시간을 되돌리고 싶습니다

징검다리

고향 들판을 가로질러
맑은 시냇물이 흐르고

돌다리를 건너
친구들과 중학교를 다녔다

장마로 돌다리가 잠기면
시냇물 건너기 두려워

여학생들은
남학생 손 잡고 냇물을 건넜다

발을 헛디뎌
신발이 떠내려가면

흑기사가 몸을 던져
신발을 건져주곤 했다

지금은 다리가 놓여
편안히 오가는데

해맑게 웃던 친구들의 모습은
아련하게 추억 속에 남아 있다

벚 꽃

매화, 진달래, 개나리, 목련
봄이 오면 여기저기 꽃소식

봄에 피는 꽃 중에는
벚꽃이 가장 기억에 남는다

벚꽃은 남쪽에서 북쪽으로
개화 시기에 따라 꽃이 피고

벚나무 가로수 길은
전국에 벚꽃길을 열어준다

활짝 핀 꽃 길을 걸으며
정겹게 속삭이던 정인(情人)은 없지만

홀로 벚꽃길을 걸으니
또 다른 추억들이 쌓여 간다

추운 겨울 견디고
이른 봄 꽃망울 터트리니

반갑고 애틋하지만
하얀 꽃잎 사이로 하늘이 맑다

제목 : 벚꽃
시낭송 : 박영애
스마트폰으로 QR 코드를 스캔하면
시낭송을 감상할 수 있습니다

35

행 복

행복이 무엇인지
쉽게 말할 수 없지만

마음이 편하고 일이 잘 풀리면
행복했던 기억이 난다

고교 시절 펜팔(Pen Pal) 소녀에게
정성 들여 편지를 쓸 때

어렵게 정한 목표를
무난하게 달성했을 때

마음이 후련하고
행복감을 느꼈다

유치환 시인의 "행복"

사랑하는 것은 사랑을 받느니보다 행복하나니라
오늘도 나는 에머랄드 빛 하늘이 훤히 내다뵈는
우체국 창문 앞에 와서 너에게 편지를 쓴다

사랑받는 것보다 사랑하는 것이 행복하고,
사랑하는 사람에게 편지를 쓰는 것이 행복하다는
소박한 시어(詩語)들

오늘은 행복한 마음으로 편지를 쓰고 싶다

인 생

어머니의 태(胎)를 떠나
새로운 세상과 만나서

어렸을 땐 우물 안 개구리처럼
세상 물정 모르고 살았네

중학교에서 영어도 배우고
새로운 세상에 눈을 뜨고

학창 시절, 군대 시절 지나가니
비로소 홀로서기 청년이 되었네

어느새 세월이 흘러
반백이 넘은 인생 아쉬움 많지만

자식들에게 하고 싶은 말도
애써 참으면서 살아가네

지나온 세월 돌아보니
후회와 아쉬움도 많지만

힘든 세월 견디면서
즐거움과 행복도 있었네

너무 서러워 말고
이제는 편한 마음으로 살아가야겠네

아들의 분가(分家)

아이들이 태어날 때
천하를 얻은 듯 기뻤고

누워 있다가 엎드리고
기어가고 일어서고
커가는 모습에 눈을 뗄 수 없었는데

금지옥엽(金枝玉葉)처럼
가슴으로 키운 너희들이

성인이 되어 넓은 세상으로
나의 품을 떠나는구나

원하는 세상으로 가는 것은
기쁘고 응원할 일이지만

가슴에 품고 있던 너희들을
쉽게 내려놓기 힘들구나

험한 세상을 어떻게 살아갈지
걱정도 많이 하지만
차라리 기우(杞憂)였으면

너희들을 사랑하는 만큼
너무 약한 모습 보여서 미안해

사 진

어린 시절 사진을 찍으려면
먼 곳에 있는 사진관을 찾아가야 했다

앨범은 사진이 없어서
빈자리가 많았고

시간이 흘러도
사진은 많이 늘어나지 않았다

부잣집만 소유하던 사진기가
보편화되면서

여행, 등산, 운동 사진들이
앨범에 차곡차곡 채워졌다

핸드폰이 사진기를 품으면서
앨범은 우리 곁을 떠나고

시간의 굴레도 없이
사진들이 휴대폰에 쌓여간다

어느 순간 누군가 그리워지면
핸드폰 속으로 추억여행을 떠난다

홍시(紅柿)

마당이 넓은 집 감나무에
주렁주렁 감이 열렸다

올해는 색깔도 곱게
많은 감이 열렸다

그 집 앞을 지날 때마다
감나무를 쳐다본다

감나무는 낙엽이 떨어져
감만 덩그러니 남아있다

주인은 감을 아끼려는데
까치들은 주인처럼
잘 익은 감만 쪼아 먹는다

시골 5일장이 열리면
할머니께서 사 오신 홍시를

가족들과 맛있게 나눠 먹었던
그 시절이 그리워진다

※ 5일장 : 5일마다 열리는 시장 (시골 다섯 곳을 순회하는 비상설 시장)

부 채

어린 시절
무더운 여름이 오면
부채와 씨름을 했는데

선풍기, 에어컨에
힘없이 밀려난 부채

판소리 소리꾼은
춤사위 소품으로 사용하고

장구에 맞춰 춤추며
부채를 접었다 펴면

아름다운 산수화가
보일 듯 말 듯 신비롭네

여름이면
흰모시 적삼에 부채를 들고

동네방네 참견하시던
아버지 모습이 떠오르건만

이제는 만날 수 없으니 아쉽고
애잔하게 그리움만 쌓이네

원두막(園頭幕)

고향집 조그마한 텃밭에
할아버지께서 키워주신 수박과 참외

냉장고는 없었지만
차가운 물통에 담아놓으면
손님들의 발길이 끊이지 않았습니다

무더운 여름밤
가족들이 원두막에 둘러앉아서

속이 빨간 수박을 갈라
정겹게 나누어 먹었던 추억

한 조각 더 챙겨 주시던
할머니의 모습이 그리워집니다

요즘은 재래시장과 대형마트에
산처럼 쌓아놓은 수박과 참외들

밭에서 금방 가져온 신선함도
원두막의 낭만과 정감도 없어서

가족들과 함께했던 그 시절을
추억 속에서나 되살려 봅니다

※ 원두막(園頭幕) : 참외, 수박, 토마토 밭을 지키기 위해 밭머리에 지은 농막(農幕)

제3부
생활속에서 맺어지는 소중한 인연

어머니의 장독대

시골집 뒤란에 놓인 장독대
어머니의 보물창고

간장, 고추장, 된장이 담기고
시렁에 나물도 말리고

식사 준비를 할 때면
어머니는 장독대에 다녀오셨습니다

재료를 장독대에 숨겨두었다가
필요할 때 쓰는 지혜

이제는 시골에 가도
장독대를 볼 수 없고

예전처럼 장을 담그는 집도
많이 줄었습니다

어머니 손에서 만들어지던
된장국, 김치찌개가 그립습니다

오늘따라 어머니가
많이 보고 싶습니다

※ 뒤란 : 집 뒤 울타리의 안쪽 공간
※ 시렁 : 마루나 방에 긴 나무 두 개를 박아
        그릇이나 물건을 얹어 놓는 곳

제목 : 어머니의 장독대
시낭송 : 박영애
스마트폰으로 QR 코드를 스캔하면
시낭송을 감상할 수 있습니다

44

어머니의 텃밭

시골집 마당가에 작은 텃밭
어머니의 사랑이 담긴 밭고랑

오늘도 어머니는 밭고랑을 깔고 앉아
분신 같은 농작물을 가꾸신다

아버지가 가꾸던 밭을
어머니가 물려받아 정이 들었는지

식사 시간도 잊은 채
텃밭에서 많은 시간을 보내신다

고추, 상추, 가지, 감자, 고구마,
옥수수, 들깨, 참깨, 마늘…

여러 농작물을 심어놓고
수시로 김도 매고 비료도 주신다

아마도 어머니는
먼저 가신 아버지를 그리워하며

아버지가 가꾸시던 텃밭에
생전에 못다 한 정을
나누어주고 계시는 것 같습니다

※ 김을 매다 : 논밭의 잡풀을
　　　　　　 뽑아내다라는 뜻

제목 : 어머니의 텃밭
시낭송 : 최명자
스마트폰으로 QR 코드를 스캔하면
시낭송을 감상할 수 있습니다

어머니의 고갯길

어린 시절 어머니 손을 잡고
힘들게 넘던 고갯길

성황당이 있어서
무서웠던 기억이 납니다

두려워하는 나를
하늘처럼 넓은 가슴으로
품어주시던 어머니

이제는 허리 굽고 쇠약한 다리
걸음이 불편하십니다

몸은 불편해도
마음속으로는
자식을 생각하시는 어머니

인생길을 달려오면서
힘들고 지치셨지만

자신의 마지막 고갯길을
힘들게 넘고 계십니다

46

제목 : 어머니의 고갯길
시낭송 : 박영애
스마트폰으로 QR 코드를 스캔하면
시낭송을 감상할 수 있습니다

한강유람선

여의도 선착장에서
유람선에 오르니

청량한 가을 하늘
바람 소리 소슬하다

바람을 거슬러
상류로 향하는 뱃길

청둥오리 몇 마리
놀라서 날아오르네

창가에는 연인들이
사랑을 키우고

바다처럼 넓은 강은
마음도 시원하고

여유로운 유람선에는
행복 가득한 얼굴들

짧은 시간 아쉬운 듯
와인 잔을 부딪치네

한강을 바라보며

한강변에는
걷고 달리는 사람들

햇빛은 눈부시게 쏟아지고
산들바람 청량하다

오랜만에 마주한 한강
고향집 어머님이 생각나고

어젯밤 꿈속에서
잠시 얼굴을 뵙고

급하게 헤어져서
너무나 아쉬웠는데

고향에서 흘러온 강물
어머님 소식 전해주면 좋으련만

기러기 떼를 지어
어디론가 날아가고

강물이 바람에 출렁이니
어머님이 보고 싶다

비바람 부는 날

지난밤 비가 내리더니
아침엔 빗줄기가 굵어진다

바람이 불어 우산을 받쳐도
빗물이 우산 속을 휘졌는다

아이들은 비바람을 못 이기고
아예 우산을 접었다

비가 그치기를 바라지만
먹구름은 덮칠 듯이 무섭게 다가온다

건널목 앞에 우산들이 멈췄다가
신호등이 바뀌자 빠르게 흩어진다

자동차들은 흙탕물을 튕기고
사과도 없이 도망치듯 달아난다

비바람(雨風)이 몰아치는 거리는
아수라장(阿修羅場)이다

아침 출근길은
이래저래 힘들고 고달프다

※ 아수라장(阿修羅場) : 싸움 따위로 혼잡하고 어지러운 상태, 흐트러진 현장

골 프

15세기 스코틀랜드 왕실에서
즐기던 스포츠인 골프 (Golf)

세계인(世界人)의 사랑을 받고
글로벌 운동으로 정착

언제부터인가 매력에 끌려
골프채를 잡았건만

OB · Hazard · 냉탕 · 온탕
바람난 골프공 때문에 속상하고

18홀 라운딩에서
몸은 지치고 마음은 울었네

골프 경력이 쌓이면 좋아지려니
참고 기다리지만

시간과 실력은 비례하지 않으니
참으로 아쉽네

골프장에 가면 마음은 설레지만
골프는 마음대로 안 되고
기분만 상해서 돌아가네

둔갑(遁甲)

밤새 함박눈이 내리더니
온 세상이 하얗게 변했다

눈은 대지의 오물을 덮어
신세계(新世界)로 둔갑시켰다

탄광에서 석탄 캐는 광부
눈만 반짝이고 온몸이 까맣다

목욕하고 옷 갈아입으니
부잣집 귀공자로 둔갑했다

무대 위에 마술사가
장미 한 송이를 들고 있다

마술사의 손놀림에
장미꽃이 지팡이로 둔갑했다

둔갑은 술법을 써서
자기 몸을 감추거나
다른 것으로 바꾸는 것

우리들의 꼬인 인생도
새로운 모습으로 둔갑하면 좋겠다

찬찬히 톺아봅시다

열심히 공부하고 시험장에 가서
시험문제를 톺아봐야 하고

선거에 출마한 후보들의 공약을
세밀하게 톺아봐야 합니다

질병을 치유하는 의약품과
몸에 좋다는 건강식품을 톺아봐야 하고

보험 약관이나 중요한 계약서를
꼼꼼히 톺아봐야 합니다

시시각각 일어나는 사건사고
오락가락 갈팡질팡하는 정부 정책도
꼼꼼히 톺아봐야 하고

우리들은 살아가면서
톺아볼 것이 참 많은 것 같습니다

하지만, 가족이나 친구들의 허물은
세밀하게 톺아보기 보기다는

알면서도 슬쩍 덮어두는 게
여러모로 편할 것 같습니다

※ 톺아보기 : 샅샅이 더듬어 뒤지면서 찾아보는 것

정년퇴직

지나간 긴 세월
한곳만 바라보고 달려와

비로소 멈춰 선 곳
퇴직이란 새로운 영역

자유는 있다지만
절제(節制)의 긴장된 시간

집보다 더 많은 시간을
함께 보내던 동료들

잘 가라는 인사가
영원한 이별인 듯 아쉽고

보고 싶은 마음을
잘 참아낼 수 있을지

애잔한 마음이 점점 커지면
감당할 수 있을지

만나지 못하면 마음은 멀어지고
가슴속에 외로움만 쌓일 텐데

어쩌나!

기다림

기다리는 시간은
설레임과 희망으로 다가오고

오랜 기다림으로 만났으니
정겨운 이야기를 나누고 싶습니다

때로는 간절한 기다림도
실망을 남기고

설레임으로 만났어도
가끔은 부담으로 다가옵니다

추운 겨울 알래스카 사람들은
봄을 기다리고

먹이를 찾는 북극곰은
연어가 돌아오는 가을을 기다립니다

기다리는 시간은
희망과 설레임으로 가슴 벅차지만

희망이 실망으로 바뀌지 않기를
그런 슬픔이 없기를 소망해 봅니다

소문난 맛집

식탁 몇 개 작은 식당에서
음식을 주문하니

종업원도 없이
주인 혼자 바쁘다

순서를 기다리는 손님들
핸드폰만 쳐다보고

음식 준비하는 소리
국물 넘치는 소리가 귀에 익다

구수한 냄새가 코끝을 자극하니
배고픔은 더해지고

지루한 눈빛으로
주방을 바라보니 평온하다

김이 모락모락
김치찌개 다가오니

오래 기다렸기 때문인지
상큼한 맛 입이 즐겁다

친구야 반가워

오늘 하루
바쁘게 시간을 보내고

술자리에서 만난 친구들
서로의 얼굴을 살핀다

피로에 지친 얼굴
근심이 가득한 얼굴
기분 좋은 환한 얼굴
자랑하고 싶은 얼굴

벗어놓은 상의(上衣)가 지루해할 때
싸우듯이 커져 가는 목소리

고달픈 인생 세상살이 힘들다며
울분을 토해낸다

술자리가 길어질수록
희비의 쌍곡선을 그리며

오늘 하루도
가슴에 응어리를 남긴 채
힘들게 저물어 간다

눈 내리는 시골 마을

저녁에 바람이 불더니
밤새 많은 눈이 내리고

어둠을 밀어내는 이른 새벽
새들이 아침을 깨운다

휘몰아치는 눈보라
벌떼처럼 달려들어 갈 길을 막아서고

삽살개는 동네 한 바퀴 돌아오더니
등에 쌓인 눈을 툭툭 턴다

"눈이 많이 오면 풍년이 든다"는
속담이 있다는데

눈이 너무 많이 내리니
근심 걱정이 가슴에 쌓인다

노부부는 힘겹게 눈을 치우고
마루에 걸터앉아

시원한 감주(甘酒) 한 잔으로
허기진 배를 달랜다

눈 속에 묻혀지는 산과 들에는
침묵이 하얗게 내려앉는다

제4부
어려운 상황을 극복하면 얻어지는 결실

우체국에 가면

우체국에 가면
넓은 공중실에 손님이 붐비고

고객을 맞이하는 직원들은
밝은 미소를 선물합니다

우체국을 찾는 고객들은
편지를 보내고

예금, 보험으로
행복한 미래를 설계합니다

가끔은 고객들의 목소리가
조용한 우체국을 흔들지만

직원들은 여유 있게
고객들의 마음을 달래줍니다

가족처럼 친근함으로
우체국을 찾는 고객들

오늘도 우체국에는
사랑과 추억이 영글어갑니다

손 편지

집배원이 건네준 편지
정성 어린 친구의 손글씨가 반갑고

깨알 글씨 달콤한 사연에
잊었던 향수(鄕愁)를 불러냅니다

편지를 쓰려니 익숙하지 않아서
스마트폰을 열어
엄지손가락으로 답장을 씁니다

전화, 핸드폰, 인터넷이
손 편지의 추억을 밀어냈지만

편리함에 익숙해져
이제는 거부할 수 없습니다

펜글씨에 비하면
정성은 부족하지만

돈독한 우정으로
받아주리라 믿습니다

휴대폰

전철을 이용하는 승객들
휴대폰을 장난감처럼 가지고 놉니다

주위를 의식하지 않고
시간 가는 줄도 모르고
휴대폰 속으로 빠져듭니다

처음에는 어색했는데
이것저것 검색하다 보니

실력이 늘었는지
제법 손놀림이 빨라졌습니다

엄지족이라 시간은 걸려도
검색창과 원활한 대화도 하고

궁금한 것을 쉽게 해결하니
성취감과 희열을 맛봅니다

혼잡한 지하철에서
신체가 밀착하는 상황에서도

승객들은
휴대폰에 매몰(埋沒)되어 갑니다

인터넷우체국

오늘처럼 비가 내리는 날이면
그리워지는 친구들

그동안 잊고 살았지만
같이했던 시간들이 그립습니다

자주 연락하지 못한 아쉬움을
미안한 마음으로 달래며

인터넷우체국에서
전자우편으로 마음을 전합니다

소홀했던 시간 후회스럽지만
이제라도 마음을 열어

소원(疏遠)했던 친구들과
편지 한 장 보낼 수 있기를

아까운 시간 허비하지 말고
돈독하게 우정을 나누고 싶습니다

깨어진 약속

저녁 같이 하자더니
약속한 장소에는 안 나오고

전화를 걸어봐도
아무런 응답도 연락도 없다

약속 날짜 다시 한번 확인하니
근심은 더욱 커지고

무슨 일이 생겼는지
생각할수록 신경이 곤두선다

약속을 안 지킨 친구가
얄밉고 야속하지만

상한 기분에 앞서
아무런 일이 없기를 바란다

약속을 깜빡 잊고
늦게 연락이 닿아 만난 적도 있으니

오늘도 약속을 잊었겠지 체념하지만
근심은 사라지지 않는다

아침 산책

이른 아침 산책길에
산새들의 울음소리

숲속 의자에 앉으니
자리 내놓으라 아우성

빵 부스러기 던져주니
비둘기는 다가오지만

두려움 많은 참새는
쉽게 다가오지 않네

숲속의 고요를 깬 미안함으로
의자를 내어주었지만

더 많은 사람들이
공원을 찾아오면

겁먹은 산새들은
두려워서 울음 울고

오늘도 숲속은
하루 종일 시끄러울 텐데
어쩌나!

백두산

중국령 서파 계단
길게 줄이 늘어져

비바람을 맞으며
천지를 보러 간다

가파른 계단에는
기대와 절망이 힘 겨루고

백두산 정상에 서니
바다 같은 호수가 가슴을 덮는다

설레임과 환희는 함성을 토해내
천지를 흔들고

눈에만 담으려니 아쉬워
자리다툼으로 얻은 사진 몇 장

수천 킬로의 힘든 여정
소중한 추억으로 쌓이고

가벼운 마음은
사뿐히 계단을 내려딛는다

달력 & 일기장

벽에 걸린 달력은 세월의 나침판
책상에 놓인 일기장은 삶의 역사

미래의 시간을 소중하게 생각하면
달력에 흔적을 남기고

지나간 시간을 소중하게 생각하면
일기장에 기록으로 남깁니다

미래의 시간을 기다리면
지루함과 설레임이 교차하고

지나간 시간이 소중하면
매사를 조심스레 되짚어 봅니다

신(神)도 붙잡지 못하는 세월
시간의 편린들은 흔적으로 남고

오늘도 숙명적인 만남으로
힘들게 하루를 보내지만

소중한 추억으로 기억되길
두 손 모아 기원해 봅니다

이별(離別)

그대가 떠나간 뒤에
그리움으로 잠 못 이루고

다시 돌아올 것을 믿으며
힘들게 시간을 보냈는데

그대는 나를 잊어버렸는지
아무런 소식이 없습니다

말도 없이 떠나간 것이 미워서
기억 속에서 지우려 했지만

잊으려 애를 쓸수록
오히려 마음을 아프게 합니다

그대가 떠난 뒤에 후회를 하는
나 자신이 너무 밉지만

혹시 다시 만나게 된다면
그동안 가슴 아파했던 만큼

오래도록 같이하며
사랑으로 보듬어주고 싶습니다

코로나19 공포

중국 우한에서 발원한
코로나19 바이러스

TV 메인 News
불안과 두려움에 떨고 있습니다

긴장한 얼굴
마스크로 반을 가리고

침묵 속에 놀란 가슴
인심마저 각박해졌습니다

코로나 선별 진료소
음성, 양성 희비가 갈리고

병원마다 북새통
병상이 없어 입원도 못 하고

응급실에 다가오는
죽음의 그림자

가까운 가족도 다정한 이웃도
속절없이 멀어져 갑니다

코로나 확진 체험

어느 순간 목이 아프고
온몸이 축 처진다

드디어 나에게도
악마의 손길이 다가왔나 보다

키트 검사, PCR 검사 "양성"
암환자 선고를 받은 기분이다

여기저기 인터넷을 뒤져
코로나 체험 후기를 읽고

신(神)이 주신 묘약(妙藥)처럼
감기몸살 인후통 약을 흡입한다

코로나를 잘 극복할 수 있을까
놀란 가슴 걱정으로 채워지고

생사(生死)의 갈림길에서
코로나 희생자들을 떠올리고

일주일 병마(病魔)와 싸우고
비로소 일상으로 돌아오니

저세상에 다녀온 기분이다

아버지의 병실

세상 살아가면서
병원 진료는 피할 수 없고

사경(死境)을 헤매는 환자들의
애처로운 모습

병실을 지킬 때
환자의 고통을 지켜봐야 합니다

이승과 저승을 오가는
애절한 절규와 몸부림

가족의 혼(魂)을 빼앗고
가족에게 한(恨)을 남깁니다

병원에 입원한 환자는
희망과 절망이 교차하고

위독한 환자들은
의사의 진단을 부정하지만

때로는 숙명처럼 다가와
건강을 잃을 수 있으니

병원에 가는 것은
오금이 저리고 숨이 막힙니다

농부 마음

간밤에 내린 이슬
들깻잎은 촉촉해지고

배추는 아침 햇살에
속알이 가운데로 모아집니다

성급한 밤알은 세상 구경
대추도 서둘러 붉은 화장(化粧)

빨랫줄엔 고추잠자리들 자리다툼
여린 날개는 힘이 빠집니다

추분(秋分)을 지나니
해는 점점 짧아지고

부지런한 농부는
가을걷이로 바빠집니다

해가 서산 너머로 숨고
저녁노을 붉게 물들면

하루를 마감하는 농부는
발걸음이 가벼워집니다

곰배령

설악산 대청봉을 마주보고 있는
어머니 품처럼 아늑한 점봉산에
천상의 화원(花園) 곰배령이 있습니다

새소리, 물소리, 바람소리
나무들이 햇빛을 가려주는
숲길을 걸으니 발걸음이 가벼워집니다

오르막 좁은 등산로에는
배낭을 메고 오르는 인파들
쉼터 의자에 지친 몸을 맡깁니다

나무숲 터널을 벗어나
산 정상에서 마주한 바람의 언덕
안도감과 편안함이 다가옵니다

하늘과 맞닿은 곰배령에는
야생화가 지천(至賤)이고
바람은 꽃들과 사랑을 나눕니다

파란 하늘과 푸른 초원의 그림 속에
등산객들이 비집고 들어가서
평생 간직할 추억의 사진을 남깁니다

※ 곰배령 : 강원도 인제군 점봉산에 있는
　　　　　고개 (곰이 배를 하늘로 향하고
　　　　　누워있는 듯한 모습을 하고 있어
　　　　　붙여진 이름)

제목 : 곰배령
시낭송 : 박영애
스마트폰으로 QR 코드를 스캔하면
시낭송을 감상할 수 있습니다

늦은 가을

콩 타작도 해야 하고
마늘도 심어야 하고

가을걷이 힘든 농부는
마음이 무겁다

해야 할 일들을 미뤄두고
잠시 쉬고 싶지만

자식 같은 곡식들이
마지막 손길을 기다린다

메마른 땅을 촉촉이 적시며
기다리던 비가 내리면

농부의 느슨해진 마음
길들여진 몸이 먼저 움직인다

찬바람 막아섰던 낙엽도
힘없이 떨어지면

차가운 바람이
가을을 밀어내겠지

제5부
자연에서 얻어지는 신선한 에너지

둘레길

어린 시절 고향에는
마을과 마을을 이어주는 산길

인적 드문 저녁에
산길을 넘어갈 때 소름이 돋았다

요즘은 도시와 시골에
많은 둘레길이 생겨서

건강을 챙기는 사람들과
반려견들의 걸음이 가득하다

걷다가 달리다가
벤치에 앉아 환담하는 모습

둘레길엔 힐링이 넘치고
연인들의 사랑이 익어간다

둘레길이 늘어날수록
정신과 육체가 젊어지고

새소리 물소리
나뭇잎 부딪치는 소리
발자국 소리에 계절이 익어간다

파도(波濤)

수평선 넘어 숨어 있다가
물기둥을 몰고 와
조용한 해변을 할퀴고 사라집니다

기분이 좋을 땐 온순하다가
심술이 나면 화해도 외면하고
강하게 싸움을 걸어옵니다

해변을 거니는 연인들에게
갑자기 물세례를 퍼붓고
윈드서퍼(Wind-Surfer) 콧대를 꺾어 놓습니다

모래밭에 깨끗한 도화지를 펼쳐주고
연인들의 발자국을 허락합니다

성난 호랑이처럼 포효하다가
밤새 자장가를 들려주고
친구가 되어주는 멋도 있습니다

모래밭에 새겨놓은 사연들
행여 누가 볼까 봐 숨겨주고

많은 세월이 흐른 뒤에
추억으로 되돌려 주려나 봅니다

억새밭

갈대는 강에서 자라고
억새는 산에서 자라는데
나는 아직도 구별할 줄 모릅니다

10월 억새밭에는
하얀 꽃술이 바람에 춤추며
허리 숙여 인사를 합니다

미로(迷路)의 억새밭을 걸으며
왕자와 공주의 기분에 취해
쉽게 발길을 옮기지 못합니다

아름답다! 예쁘다!
억제할 수 없는 마음을 달래며

파란 하늘 뭉게구름처럼
마음은 한없이 부풀어 오릅니다

산 정상에는
오늘의 주인공들이
설레임으로 갈 길을 잃었습니다

아마도
집에 가기 싫은가 봅니다

라일락 향기

상큼한 바람이 불어오는 5월
나뭇잎 색깔이 짙어지고

라일락 나뭇잎 사이로
살포시 내민 얼굴
보랏빛 꽃송이, 수수꽃다리

진한 꽃향기에
연인들의 사랑도 익어갑니다

지난해에도 살며시 다가왔다가
소리 없이 사라져간 당신

준비도 안 된 갑작스런 이별을
설마 올해도 감당해야 할까요

꽃들이 많이 피는 봄날
라일락 향기 짙어질 때

다른 꽃들이 시샘하면
당신의 향기 사라질까 두렵습니다

※ 수수꽃다리 : 수수 이삭처럼 원뿔 모양을 한 라일락 꽃의 한국형 이름

난향(蘭香)

아파트 베란다에 자리한
외로운 난(蘭) 화분

정성을 다해 물도 주고
통풍(通風)에도 신경을 썼는데

애정이 부족했는지
꽃대를 볼 수 없었다

서로의 교감도 부족하여
아쉬움이 많았었는데

올해는 꽃대가 나오고
진한 향기를 선물하니 고맙다

난 향기가 집안에 퍼지니
소중한 인연에 감사하고

괜한 욕심인 줄 알지만
내년에도 진한 향기로 다가와

다시 만날 수 있기를
간절한 마음으로 빌고 싶다

국화 향기

혹한(酷寒)을 이겨내고
봄에 새싹이 돋아나더니

서늘한 가을날
노란 꽃을 피웠구나

잔잔한 가을바람에
향기가 사방으로 흩어지니
꿀벌은 꽃을 떠나지 못하는구나

가을에 피는 꽃이
국화 말고도 수없이 많지만

동그란 얼굴에
환한 웃음으로 다가오니

시간을 잠시 멈추고
너의 곁에 머물고 싶구나

눈이 내리는 겨울이 오면
아쉬운 이별을 해야 하지만

지금은 너의 곁에서
진한 향기에 취하고 싶구나

코스모스

코스모스 곱게 핀 꽃길
화려한 향연(饗宴) 감동을
그동안 잊고 살았는데

올해도 여린 새싹들
비바람을 견뎌내고 꽃을 피웠구나

황톳길 양옆에 도열한
흰색, 분홍색, 붉은색 코스모스
가을바람에 사랑의 키스를 하고

바람에 허리가 휘어져도
고추잠자리가 앉을 자리 내어주는
천사 같은 아름다운 마음

코스모스 길을 걷는 연인들에게
화려한 열병식을 선물하네

올해도 찬 서리 내리면
우리들 곁을 떠나갈 테니

꽃잎이 시들기 전에
오래도록 곁에 두고 보고 싶구나
사랑하는 코스모스여!

능소화(凌宵花)

양반집 마당에만 심었다는
귀한 꽃 능소화

금등화(金藤花)라는 이름도 있으니
몸값은 한결 높다

나팔꽃을 닮은 듯
긴 깔때기 모양을 하고

주변의 소리에 예민한
쫑긋한 노루 귀를 닮았다

울타리를 기어 올라가서
소담스럽게 꽃을 피우고

짙은 주황색 꽃은
잘 익은 귤 색깔 같다

활짝 핀 능소화 앞에서
쉽게 다가서지 못하는 것은

무성한 넝쿨 속에서
살포시 얼굴을 내민
능소화의 위용(威容) 때문이다

등 산

산은 힘차게 솟아올라
발아래 평야를 품고

수만 년을 버티고
콧대 높게 위용을 자랑합니다

두려움으로 다가서면
포근한 품으로 안아주고

정상을 향한 포효(咆哮)는
메아리로 되돌아옵니다

청량한 가을날
바람 소리 소슬하고

피톤치드 편백나무 숲과
솔밭길 단풍나무 숲을 지나갑니다

힘들게 정상에 서면
의사가 진료 후 느끼는 안도감

힘든 산행일수록
산을 정복한 만족감에 행복합니다

※ 피톤치드 (phytoncide) : 식물이 병원균·해충·곰팡이에 저항하려고
내뿜거나 분비하는 물질

소나기

갑자기 먹구름 몰고 와
분풀이하려는지

울분 토하는 사자 포효처럼
쏟아붓는 물 폭탄

비를 기다린 농부에게는
반가운 손님

손잡고 걷는 연인은
화들짝 놀라네

여름 한철
가끔 나타나는 훼방꾼

불청객인지 친구인지
구분하기 힘들지만

침묵이 길어질수록
예고 없이 다가오고

화풀이를 하고서는
홀연히 사라지는 이방인

참새

참새는 작지만
꾀가 많고 영리하여

덫을 놓아도
경계하며 다가가지 않는다

요즘은 도시에도
참새들이 많이 보이고

빌딩 사이를 곡예하듯
날아다닌다

시골 참새는 먹이를 찾아
볏짚 가리에 모여들고

도시 참새는
음식물 쓰레기 근처에 모인다

시골 참새는 먹이가 풍족하지만
도시 참새는 부족할 텐데

복잡한 도심에서 살아가려는
참새의 욕망이 가상하지만

왠지 어리석고 불쌍해 보인다

제 비

강남 갔던 제비들이
다시 돌아와 둥지를 손질하고

정성으로 알을 품더니
아기 제비 여럿 태어났네

어미는 먹이를 물어오고
새끼들은 먹이 경쟁 심하더니

먹이를 많이 먹은 제비들부터
집 밖으로 얼굴을 내밀고

태어난 지 얼마나 지났을까
어미를 닮은 새끼들

처음 비행을 자랑하려는지
둥지를 박차고
빨랫줄에 나란히 앉아 있네

먹이를 구하러 간
어미가 돌아오길 기다리네

봄 비

땅속은 아직 깊은 잠인데
봄비가 소리 없이 내린다

봄비가 그치고 따스해지면
무거운 흙을 밀어내며
파란 새싹들이 돋아나고

목련, 진달래, 개나리
봄에 피는 꽃들은
경쟁하듯 꽃봉오리 터트린다

완강(頑強)하던 겨울도
봄비에 힘없이 무너지고
결국 아성(牙城)을 내어주지만

마지막 저항인가
꽃샘추위가 봄을 막아선다

찬바람은 주인 행사를 하지만
봄기운을 막아서지 못하고
겁이 났는지 슬그머니 뒷걸음 친다

※ 아성(牙城) : 지휘관이 직접 지휘하고 있는 성, 군대의 본거지

저녁노을

해 질 무렵 섬강(蟾江)
서쪽 하늘엔 고운 저녁노을

태양이 지평선 뒤로 숨으며
남기고 간 선물

하늘이 맑을수록
더욱 선명해지는 붉은 노을

엷은 구름 다가오면
붉은색과 어우러져

신(神)이 그려내는
명품 그림이 된다

오래도록 보고 싶고
가슴에 담고 싶지만

어둠이 짙어진 하늘에
별들이 초롱초롱 빛나면

고운 저녁노을도
아쉬움을 남기며

빛을 잃고 사라져간다

담쟁이

유격훈련장 군인처럼
수직의 담벼락을 오르고

높은 담을 넘어
남의 집을 훔쳐보고

담벼락에 붙어있는
끈질긴 투지가 부럽다

겨울에는 이파리가 떨어져
앙상한 줄기만 남지만

매년 연녹색으로 찾아와
희망과 사랑을 안겨준다

O. henry의 소설 "마지막 잎새"
Behrman 화가가 그린 담쟁이 잎 하나가

폐렴으로 절망하는 소녀에게
희망을 주었듯이

비바람이 불어도 넝쿨에 붙어서
희망과 기쁨을 주었으면 좋겠다

사랑의 추억

지난해 보다 빠르게
첫눈이 내리는 날

눈을 맞으며
수십 년 전 어느 겨울로 간다

기억한 시간보다
잊었던 시간이 더 많은데

문득 떠오르는 사람
고요하던 마음을 헤집는다

백옥처럼 하얀 치아(齒牙)
수줍은 듯 웃는 미소

빨간 코트를 입고
조심스레 걷던 모습 그립다

스산한 공원 벤치에 앉아
추운 줄도 모르고 나누던 대화

추억의 시간 속에서
지금도 들리는 듯 귓가를 맴돈다

제6부
계절의 변화에 흔들리는 마음

입춘(立春)

입춘은 24절기(節氣) 중 첫 번째
봄이 시작하는 출발점

종갓집 대문에 걸린 문구
입춘대길(立春大吉), 건양다경(建陽多慶)
요즘은 색다르게 보입니다

입춘이 지나면
온기가 대지를 포근히 감싸고

높은 산에 쌓인 눈이 녹아내리면
계곡의 물은 강으로 흘러듭니다

겨울에 얼어붙었던 강물
찌렁찌렁 얼음 갈라지는 소리

이른 봄 훈풍이 불어
강바람도 상큼해지고

잔설(殘雪) 밑에서는
파란 싹이 돋아날 준비를 합니다

요즘은 봄은 짧고 여름은 길어서
꽃 피는 봄이 더 소중한 것 같습니다

2월아 고마워

2월은 열두 달 중에서
날짜가 가장 작은 달

추운 겨울은 마감하고
따스한 봄의 출발선

2월이 짧은 것은
추운 겨울을 줄이려는 배려

겨울 며칠 줄인다고
봄이 성큼 올 수는 없지만

추운 겨울 지쳐 있을 때
2월의 끝은 희망과 안도감

부지런한 상춘객은
여행 떠날 준비를 하네

2월아!
서러워 말아라

3월이 빨리 오는 것은
너의 희생 덕분이야

고마워!

봄과 겨울의 미덕

지난해 가을 오색 단풍의 절정
화려한 아름다움 뽐내며

오래도록 머물고 싶은 욕망 때문에
미래를 예견하지 못한 것 같습니다

눈 내리고, 찬 바람 불고
동토(凍土)에 갇히는 고통을 겪으며

삭풍(朔風)에 나뭇가지 부러져도
자신을 지키려는 애절함이 묻어납니다

긴 겨울 움츠린 초목(草木)들은
숨을 죽이고 다가올 봄을 기다리고

사계절의 자리다툼에서 패한 겨울은
슬며시 화려한 왕좌(王座)를 내어줍니다

힘든 겨울을 이겨낸 초목들은
새잎이 돋아나고 아름다운 꽃도 피우지만

새로운 세상을 만난 들뜬 기분에
지난겨울 상처와 아픔을
또 잊을까 봐 두렵습니다

어느새 봄이 왔네

입춘이 지나자
얼었던 땅도 단잠을 깨고

겨울을 이겨낸 나무들은
수액이 흐른다

잔설 쌓인 골짜기
찬바람 휘몰아치고

손을 에이는 계곡의 물도
이제는 견딜 만하다

창공을 나는 산새들
울음소리 청량하고

들판을 헤매는 강아지
집에 갈 생각을 잊었나 보다

바람을 막아줄 재킷이
솜처럼 가벼워지고

어느새 봄은
내 곁에 다가와 있었다

봄이 오면

거리의 행인들은
아직 두꺼운 패딩을 입고

찬바람을 맞으며
문밖으로 나가기를 망설인다

바깥세상 궁금한 새싹들
서둘러 고개를 내밀고

능수버들 허리 굽혀 인사할 때
제비가 돌아와 둥지를 손질한다

울타리엔 노란 개나리꽃
마당가에 하얀 목련이 피고

벚나무 가로수 길에
흰 눈처럼 꽃잎이 흩날린다

긴 겨울 추위에 떨며
봄을 간절히 기다렸기에

살며시 곁으로 다가온 봄을
오래도록 붙잡고 싶다

꽃샘추위

입춘이 지나자
겨울옷은 장롱(欌籠)에 넣고

봄바람이 불어와
설레는 마음만 앞서갑니다

새봄 맞을 준비에
너무 성급한 배웅을 했는지

갑작스런 꽃샘추위에
가던 겨울이 되돌아옵니다

지난봄에도 겪었는데
기억하지 못했으니

급작스런 추위에 얼어버린
꽃봉오리만 가엾습니다

긴 겨울 추위에 지쳐서
새봄맞이에 마음을 뺏기고

꽃샘추위에 당황해서
놀란 가슴을 쓸어내립니다

5월의 단상(斷想)

5월이 오면
너무 빨리 가버리는 봄을
붙잡고 싶습니다

봄에 피는 꽃들과
제대로 인사도 못 하고

가족들과 가려던 여행도
아직 떠나지 못했는데

5월은 게으름을 질책하며
빠르게 봄을 밀어냅니다

꽃들은 경쟁하듯 피어나고
나뭇잎은 짙은 녹색의 향연(饗宴)

산책길에는 붐비는 인파
신선한 공기는 폐(肺)를 씻어줍니다

라일락 향기가 짙은
공원 벤치에 홀로 앉아서

5월의 따스한 햇볕을 끌어안고
지나간 추억을 되돌려 봅니다

여름 장마

강렬한 햇볕과 폭염 뒤에
비바람 몰아치더니

길어지는 장마로
황토담엔 이끼가 많이도 자랐다

토담 용고새를 타고 가는 넝쿨 속에
호박이 커가고

나뭇가지에 매달린 매미는
울음을 멈췄다

진흙탕 강물이 늘어나니
강둑이 무너질까 걱정하는 농부
한숨 토해내며 담배를 피워 문다

거실에 켜놓은 TV에선
끝없이 이어지는 홍수 피해로
아나운서는 말이 많아졌다

※ 용고새 : 볏짚을 엮은 것으로 지붕 용마루나 흙담 위에 덮는 것

7월 서정(抒情)

하지(夏至)가 지나면
피할 수 없이 다가오는 7월

7월은 한 해의 절반을 넘어
연말로 향하는 출발선

지나간 반년 아쉽지만
남은 반년이 있으니 행복합니다

새로운 기대와 희망 7월은
무더위가 기승을 부리지만

햇빛을 좋아하는 나뭇잎들은
초록색이 더욱 짙어지고

장마로 비가 내리면
시들던 나뭇잎은 생기를 되찾습니다

옷차림이 가벼워지는 7월
지난 반년을 거울삼아
남은 반년을 가야 하는 여정

희망과 설레임이 앞서지만
한편으로는 두려움에 마음이 무겁습니다

※ 서정(抒情) : 사물(事物)을 보고 자기(自己)가 느낀 감정(感情)을 나타내는 것

가을을 기다리며

따스한 봄을 밀어내고
성큼 다가온 여름

불타는 태양 따가운 햇살
여름의 절정에서

바람에 흔들리는 나뭇잎들
짙은 녹색이 농염하다

강한 정열이 넘치고
숨 막히는 더위에 지치면

새롭게 다가올 가을을
손꼽아 기다린다

여름은 정성을 다하여
곡식(穀食)들을 키우고

마지막 결실은
가을에게 양보하는 미덕(美德)

농부는 수확(收穫)의 기쁨으로
가을을 기다린다

가을이 오면

가을이 오면
어데론가 무작정 떠나고 싶다

찌든 일상을 벗어나
아무런 간섭도 없는 곳으로

가을이 오면
옛 친구들을 찾아보고 싶다

얼마나 모습이 변했는지
어릴 때 꿈은 이루었는지

가을이 오면
시(詩) 한 수를 지어보고 싶다

살면서 느끼고 경험한
소중한 일들을 회상하면서

가을이 오면
지나간 인생을 되돌아보고 싶다

행복한 인생을 살았는지
지나간 세월 후회는 없는지

가을이 오면
하고 싶은 일들이 많아진다

가을 마중

창문을 열면 서늘한 바람
선풍기는 날개가 멈추고

살며시 다가온 가을
하늘이 푸르고 햇빛이 맑다

식어가는 여름의 체온
낮의 길이가 점점 줄어들고

여름에 미뤄둔 일들을
서둘러 마무리해야 한다

과수원 사과는
술에 취한 듯 얼굴이 붉고

넓은 들판에는
황금물결이 일렁인다

소중함을 모르고
외면했던 여름의 흔적들

이제는 주워 담으려니
마음이 애잔하다

가을 풍경(風景)

귀뚜라미 울음소리에
잠을 설치고

창밖에 어둠이 걷히면
옷깃 세우고 대문을 나선다

상쾌한 바람을 거슬러
강변(江邊) 길을 걸으니

지난밤
화가들이 그려놓은 산수화
아름답게 다가오고

잔잔한 강물에는
물안개 피어오른다

붉게 물든 단풍나무 숲에
잔잔한 바람이 불면

풀잎은 반갑게 손을 흔들고
산새들 노랫소리 청량하다

가을 서정(敍情)

진한 녹색의 향연(饗宴)
여름 절정에서

뜨거운 태양의 빛을
온몸으로 막아내고

강렬한 기세는
꺾일 줄 모르더니

어느새
붉은 옷 갈아입었네

가을날
외로워서 술을 마셨는가

맞선 보는 처녀의
수줍음인가

과수원에는
사과가 얼굴을 붉히고

산등성에 저녁노을 깃들면
가을 산은 붉게 타네

단풍과 이별

가을의 백미(白眉)는
아름다운 단풍(丹楓)

아파트 정원에도
울긋불긋 단풍이 아름답다

곱던 단풍도
추위에 힘없이 떨어지고

밤새 쌓인 단풍잎을
경비원이 쓸어 모은다

나뭇잎 모두 떨어지면
하늘이 훵하게 보이고

단풍의 일생도
조용히 막을 내린다

아름다운 단풍이 떨어져
낙엽으로 변하면

호들갑 떨던 사람들
관심조차 없어지고

쓰레기 취급을 할 때
야박한 인심이 얄밉다

가을 배웅

이른 아침 출근길
생각보다 많이 춥다

일기예보를 알고 있어서
놀랄 일도 아닌데

옷 속을 파고드는 찬바람
가을이 멀어지고 있음을 안다

은행나무 가로수 길
낙엽은 우수수 떨어지고

행인들은 바쁜 걸음으로
낙엽을 밟고 간다

환경미화원은
힘겹게 낙엽을 쓸어모으고

모닥불 앞에 모여있는 근로자들
추위를 몸으로 막아보지만
겨울은 성큼성큼 다가온다

눈길을 걸으며

고요하고 황량한 겨울 들판에
눈이 소복소복 쌓입니다

한참을 걷다가 뒤돌아보니
발자국이 따라오고 있습니다

때 묻지 않은 순결함으로
발자국이 더 선명해 보입니다

처음 시작하는 것은
언제나 새롭고 참신하였습니다

하지만, 시간이 흐를수록
오염되고 퇴색함이 아쉽습니다

우리 인생도 같은 맥락으로 바라보면
많이 닮았다는 생각이 듭니다

노년으로 갈수록 연륜은 쌓이는데
흠결(欠缺)이 늘어나는 것 같습니다

흠결 없이 살아갈 수는 없지만
노력하면 줄일 수는 있을 것입니다

처음 눈길을 걷는 마음으로
순수하게 살아가고 싶습니다

제목 : 눈길을 걸으며
시낭송 : 박영애
스마트폰으로 QR 코드를 스캔하면
시낭송을 감상할 수 있습니다

제7부
인생 길 힘들면 잠시 쉬어가는 지혜

우산(雨傘)

비 오는 날
형형색색 우산들이
인도(人道)를 가득 메우고

바람에 우산살이 휘어지면
우산도 힘들다는 신호

우산이 바람에 뒤집히면
되돌리기 힘들어집니다

우산도 없이 길을 걷다가
갑자기 비가 내리면

조급해지는 마음
발걸음이 빨라집니다

어린 시절 시골집에는
비닐우산만 몇 개 있었는데

비가 오는 날이면
좋은 우산을 챙기려고
신경전이 벌어지곤 했습니다

오늘처럼 비가 내리는 날이면
넓은 우산을 받쳐 들고 걷고 싶습니다

벽시계(壁時計)

거실 벽(壁)을 등지고
무서운 기숙사 사감(舍監)처럼
시간마다 잔소리

잠자라, 일어나라, 출근하라
직장으로 약속 장소로 등을 떠밉니다

잔소리 듣기 싫어 게으름 피우지만
결국은 백기 투항
허둥지둥 집을 나섭니다

오늘도 재촉을 무시하다가
늦게 직장으로 달려갔지만

상사(上司)의 눈총은 따갑고
잔소리에 마음이 상했습니다

반복되는 잔소리에도
고쳐지지 않는 나쁜 습관
게으른 자신이 너무 밉습니다

잔소리를 들을 때마다
내다 버리고 싶지만

오늘은 잠잘 시간 알려주는
벽시계가 더없이 고맙습니다

약 속

약속은 지켜야 하고
약속을 어기면 불신이 쌓이니

자신과의 약속도 지키고
지인들과 약속도 지켜야 합니다

살면서 약속은 많지만
가끔 지키지 못할 때가 있고

지키지 못한 약속 때문에
마음속에는 죄의식만 쌓여갑니다

세상에서 가장 소중한 것은
자신과의 약속이며

지키기 어려운 약속일지라도
최선을 다하면 마음은 편하고 행복합니다

소중한 약속만 챙기고
하찮은 약속은 가볍게 여긴다면

양심을 버리는 것이므로
약속을 할 때는 신중해야 합니다

여유(餘裕)

오랜 직장생활 마감하고
출근 시간 없는 자유로운 시간

수십 년 세월이
주마등처럼 스쳐 가고

힘들어 고심(苦心) 하던 시간들이
문득문득 떠오릅니다

어려운 일을 해결하면
긍지와 자부심으로 설레이고

지금 돌이켜보니
다급할수록 여유를 갖고

힘든 일이 있을 때
최선을 다하는 노력이 필요합니다

앞으로 그런 순간이
다시 온다면

좀 더 여유를 갖고
유연하게 대처할 수 있을 것 같습니다

비밀(秘密)

남·여 간의 은밀한 사랑
남들에게 숨기고 싶은 비밀

개인 정보, 은행 계좌 비밀번호
타인에게 노출되면 안 되는 비밀

새로운 기술 개발
경쟁사에 노출되면 안 되는 비밀

복잡한 세상을 살면서
숨겨야 할 비밀이 많이 있습니다

둘만이 간직해야 할 비밀을 누설하여
상대에게 피해를 주고

여러 명이 결의한 비밀결사도
변절자로 인해 큰 화를 겪기도 합니다

좋은 의미의 비밀은 간직하고
나쁜 의미의 비밀은 털어내야
불안한 마음의 덫에서 벗어나는 길

불법적인 비밀은 지키려고 애를 쓸수록
비밀의 함정에서 벗어나기 힘들어집니다

달항아리

박물관 전시장에서 처음 만나
밤잠을 설치고

수백 년 세월을 거슬러서
도공(陶工)의 혼을 마주하네

물레가 돌고 돌아
도공의 손놀림 멈춰지면

불가마 산고(産苦) 속에 태어난
보름달 같은 달항아리

상감청자 화려함과
음각색칠(陰刻色漆) 유혹을 뿌리치고

밋밋한 모습으로 다가온
참신한 변신

하얀 달항아리에 그리려던 그림을
도공이 잊은 것은 아닌지

오늘따라 동산 위에 보름달이
은은하고 아름답게 보이네

※ 물레 : 도자기의 둥근 모양을 만들 때 사용하는 도구

순댓국

먹자골목에 들어서면
순댓국 간판이 여기저기 보인다

어릴 때 동네에 잔칫집이 생기면
돼지를 잡아 순대를 만들었다

무 시래기에 양념을 해서
돼지 내장에 넣어 가마솥에 삶아서
먹기 좋게 썰으면 순대 안주가 되었다

잔칫집을 기웃거리면
할머니가 순대 한 접시를 주셨는데
세상에서 가장 맛있었다

어려서 잔칫집에서 먹던 순대
지금처럼 술을 곁들여 먹었다면
얼마나 맛이 있었을지 궁금하다

오늘도 순대국밥에 소주 한잔
마주 앉은 친구의 얼굴에는 홍조
가슴을 짓누르던 근심이 사라진다

결혼식은 예식장에서, 식사는 뷔페
잔칫집 순대의 맛은 잊은 지 오래다

친구들아

오늘 하루
바쁘게 시간을 보내고

술자리에서 만난 친구들
서로의 얼굴을 살핀다

피로에 지친 얼굴
근심이 가득한 얼굴
기분 좋은 환한 얼굴
자랑하고 싶은 얼굴

벗어놓은 상의(上衣)가 지루해할 때
싸우듯이 커져가는 목소리

고달픈 인생 세상살이 힘들다며
울분을 토해낸다

술자리가 길어질수록
희비의 쌍곡선을 그리며

오늘 하루도
가슴에 응어리를 남긴 채
힘들게 저물어 간다

단골 술집

무교동 좁은 골목
조그마한 단골 술집

문지방이 닳도록
몇십 년을 드나들고

옛날 주모(酒母)는 없고
젊은 딸이 손님을 맞네

취객들의 잔소리 받아주고
농담도 섞는 여유

다정한 친구처럼
가끔 술잔도 나누고

엷은 미소 짓다가도
취중 농담에 붉어지는 얼굴

세월이 흘러도
변함없는 모습 보여주고

부담 없이 들러서
술 한잔할 수 있기를

혼술도 괜찮아

오늘도 힘든 하루
술 한 잔 마시고 싶은데

친구를 부르려니 미안하고
혼자 단골 술집으로 발길을 옮깁니다

친구와 술을 마시면
마음은 편하고 즐겁겠지만

혼자 마시는 술도
외로움을 빼고는 괜찮습니다

혼술은 사연도 가지가지
마음도 복잡하지만

술을 마시는데
사연은 중요하지 않습니다

한잔 술로 외로움을 달래고
비틀거리며 집으로 향할 때면

가슴을 누르던 돌덩이도
봄눈 녹듯이 사라집니다

술잔은 내려놓고

"인생은 빈 술잔 들고 취하는 것"
어느 유명한 가수가 부른 노래 「빈 잔」

빈 잔에 술을 채워달라고 했지만
진심은 사랑을 애원한 것 같습니다

잔이 비었으면 술을 채우고
술잔을 비우는 것은 즐거움인데

코로나19 거리 두기로
술자리도 많이 줄었습니다

애주가들은
조심스레 술잔을 기울이지만

이제 술잔은 내려놓고
건강을 챙겨야 할 것 같습니다

어려움을 이겨내려는
지혜와 노력이 필요하다는 것을

건강을 잃고 늦은 깨달음은
너무 후회가 되기 때문입니다

고독(孤獨)

혼자 있는 것이
편하고 좋을 때도 있지만

친구와 함께 있을 때
외로움은 훨씬 줄어듭니다

홀로 보내는 시간이 많고
만남이 적어지면

외로움의 터널에 갇혀
힘든 시간을 보내게 됩니다

어려운 상황에서
견디기 힘든 공포와 싸우며

구해줄 손길을 기다리는 것은
힘든 일입니다

혼자이거나 여럿이거나
갈등과 고민은 있겠지만

정점(頂點)에서 멀어지는
힘든 길은 피하고 싶습니다

※ 정점 : 사물의 진행이나 발전이 최고의 경지에 달한 상태

121

슬픈 낙엽

봄, 여름 비바람 이겨내고
가을에는 고운 단풍으로
행복과 기쁨을 주더니

생애(生涯) 절정에서
피할 수 없는 복병을 만나

힘없이 떨어지는 나뭇잎들
나뭇가지가 앙상해졌습니다

우리들의 젊음도
세월을 이길 수 없듯이

아름다운 단풍도
추위를 이기지 못하는가 봅니다

때가 되면 나무를 떠나야 하는
슬픈 낙엽

보내기 싫은 나무의 모성을
그들은 알고 있는지

쌓여가는 낙엽을 바라보면
마음이 애잔하고 슬퍼집니다

낙엽을 보내며

늘은 가을 아침
수북이 쌓인 낙엽들

빨간색, 노란색, 주황색
곱던 단풍은 어데로 갔는가

폭우(暴雨), 태풍(颱風)
힘겹게 버텨내더니

찬바람에 힘없이 무너지니
슬프고 아쉽구나

겨울로 가는 길목은
나뭇잎들의 무덤인가

나뭇잎은 낙엽이 되어
모체를 떠나야 한다는 사실을
알고 있었을까

애잔한 낙엽을 보면서
보내는 마음 아프지만

내년에 다시 만날 수 있으니
다행이구나

12월을 보내며

거실 벽에 걸려있는
마지막 남은 달력 12월

스산한 바람이
창문을 흔들고 지나갑니다

올해 못다 한 일들이
돌덩이처럼 가슴을 누르고

자신감 없는 무대에서
관객의 시선을 피하는 기분

밀린 숙제를 하듯
갑자기 마음이 급해집니다

충분한 시간이 있었는데
너무 여유를 부린 것이 아쉽고

무거운 짐이라면
절반은 내려놓아야 했는데

미루기만 했던 게으름을
뒤늦게 후회합니다

한 해의 끝자락

일 년 365일 힘들게 달려와
한해 마지막 종착역에서

남겨진 일들을 마감하고
새해를 준비할 시간

힘들게 살아온 자신을
위로하고 보듬어주고 싶다

되돌릴 수 없는 강물처럼
빠르게 흐르는 시간

때로는 시간의 굴레를 벗어나
어데론가 잠적하고 싶다

12월은 할 일이 많을수록
마음은 조급해지고

한 해의 끝자락에서
아쉬움이 많을수록

새해 소망은
점점 더 많아지는 것 같다

에필로그(epilogue)

언제부터인가 시를 감상하고, 시를 쓰고, 시를 사랑
하며 많은 시간을 시의 곁에 머물러서 행복하게 시간
을 보내고 있습니다. 시를 쓰는 것은 쉽지 않지만 오
늘도 시 한 편을 쓰기 위해 영혼과 사랑을 담으려 합
니다.

난생처음 시집을 발간하면서 두려움이 앞서고, 시를
읽는 독자들을 위해 그동안 써놓은 시를 골라서 시집
에 담았습니다. 독자들께서 가감 없이 시를 평가하여
주시면 겸손하게 수용하고 고마운 마음으로 시를 쓰
겠습니다.

고등학교에 들어가서 김소월 시인의 "진달래꽃"을 접
하고, 감동을 받아 시를 쓰고 싶었는데 이런저런 일로
미루고 그 꿈을 50년 가까이 접어둔 지금 이렇게 시
집 한 권에 마음을 담아보려 합니다. 너무 늦어서 힘
들 거라는 선입관도 있지만 용기를 내어 정직하게 시
인의 길을 가려고 합니다.

우리가 살아가면서 주변에서 발생하는 많은 문제를
해결하기 위하여 애를 쓰듯이 시인은 시 한 줄을 쓰

기 위하여 상당히 많은 고심을 해야 하며, 한 번에 거침없이 쓰는 시는 거의 없으며, 석공이 돌을 다듬어 작품을 만들 듯이 시인도 시 한 편을 만들기 위해 많은 노력을 합니다.

어머니께서 고령이시니 항상 고향에 계신 어머니를 걱정하게 됩니다. 그런 연유로 어머니에 대한 시를 몇 편 담았는데 어머니 생각을 하면 "사모곡" 노래에서 "앞산 노을 질 때마다 호미자루 벗을 삼아 화전밭 일구시고 흙에 살던 어머니" 노랫말이 소리 없이 다가와 마음을 흔듭니다.

바쁘신 가운데 시집 발간을 축하해 주시고 소중한 추천사를 써주신 (사)창작문학예술인협의회 부이사장 박영애 시인님께 감사 인사를 드리며, 처음 시집을 출간하는 과정에서 조언도 해주고 성심으로 도와준 아내(권순옥)와 아들(승교, 민교), 그리고 표지 삽화를 직접 그려서 선물한 여동생(향숙)에게도 고마운 마음을 전합니다. 감사합니다.

아침에 시를 만나는 행복

정연석 시집

2022년 9월 20일 초판 1쇄
2022년 9월 23일 발행
지 은 이 : 정연석
펴 낸 이 : 김락호
디자인 편집 : 이은희
기 획 : 시사랑음악사랑
연 락 처 : 1899-1341
홈페이지 주소 : www.poemmusic.net
E-Mail : poemarts@hanmail.net

정가 : 10,000원
ISBN : 979-11-6284-393-2